Gallaydii Nasiibka lahayd

The lucky grain of corn

written and illustrated by **Véronique Tadjo**

Somali translation by Sulaiman Egeh

MILET

Tuulo ku taal caynta dhexdeeda
hooyo iyo aabo ayaa Soro siiyey
inankooda qudha,
gallay nasiib leh.
Soro wuxuu ku qabtay baabacada gacantiisa
markaasuu eegay.
Aad iyo aad ayay u yarayd!

Dhagax dushii ayuu kaga tegey.

In a village deep in the forest
Mother and Father gave
Soro, their only son,
a lucky grain of corn.
Soro held it in the palm of his hand
and looked at it.
It was so small!

He left it on a stone.

Si lama filaan ah ayaa
digirin ayaa uga soo baxay caynta
oo xaday gallaydii nasiibka lahayd
isagoo afkiisii dheeraa mar ku dhufanaya.

All of a sudden,
out of the bush came a guinea fowl
who stole the lucky grain of corn
with one peck of her beak.

Aabo wuxuu ka shaqaynayey beerta,
hooyona mashquul ayay ahayd.

Father was working on his farm.
Mother was very busy.

Soro wuu orday, orday, orday.

Aad ayay u kululayd,
dhidid ayaa ka da'ayey,
lugihiisu boodh miidhan ayay ahaayeen.
Hase yeeshee digirinkii wuu gaadhi waayey.

Dabadeedna:

Soro ran and ran and ran.

It was terribly hot.
He was dripping with sweat.
His feet were covered in dust.
Yet he couldn't catch up with the fowl.

Then:

Soro tuulo ayuu yimi
ay ku noolaayeen lo'du.
Si diiran ayay usoo dhoweeyeen,
mid kamid ah ayaa yidhi:
"Dhowr maalmood nala joog.
saaxiibkayo ayaad noqonaysaaye
caanahayaga oo dhan ayaanu ku siin doonaa."

Laakiin Soro wuxuu ku jawaabay: "Maya, maya, maya,
waa inaan helaa gallaydaydii nasiibka lahayd!"
Wuu orday, orday, orday.

Aad ayay u kululayd,
dhidid ayaa ka da'ayey,
lugihiisu boodh miidhan ayay ahaayeen.
Hase yeeshee digirinkii wuu gaadhi waayey.

Dabadeedna:

Soro arrived in a village
where cows lived.
They gave him a warm welcome.
One of them said:
"Stay with us for a few days.
You will be our friend
and we shall give you all our milk."

But Soro replied: "No, no, no,
I must find my lucky grain of corn!"
He ran and ran and ran.

It was terribly hot.
He was dripping with sweat.
His feet were covered in dust.
Yet he couldn't catch up with
the fowl.

Then:

Tuuladii labaad ayuu yimi oo ay
ka buuxaan carshaan qurux badani.
Hablo iyo inamo
ayaa wada ciyaarayey
oo wada qoslayey.
Cod qudha ayay ku yidhaahdeen
"Dhowr maalmood nala joog.
Halkan waxaanu waqtigayaga ku qaadanaa ciyaar.
Kubada qabo oo ku soo biir ciyaarta."

Laakiin Soro wuxuu ku jawaabay: "Maya, maya, maya,
waa inaan helaa gallaydaydii nasiibka lahayd!"
Wuu orday, orday, orday.

Soro arrived in a second village
full of lovely little huts.
Boys and girls
were playing and laughing together.
They said with one voice:
"Stay with us for a few days.
Here we spend our time playing.
Catch the ball and join the game!"

But Soro replied: "No, no, no,
I must find my lucky grain of corn!"
He ran and ran and ran.

Aad ayay u kululayd,
dhidid ayaa ka da'ayey,
lugihiisu boodh miidhan ayay ahaayeen.
Hase yeeshee digirinkii wuu gaadhi waayey.

Dabadeedna:

It was terribly hot.
He was dripping with sweat.
His feet were covered in dust.
Yet he couldn't catch up with
the fowl.

Then:

Soro tuuladii saddexaad ayuu yimi.
Koox odayaal ah
oo gadhadh dhaadheer oo cadcad leh
ayaa ku kaftamayey geed weyn oo cambe ah hoostii.
Mid kamid ah ayaa weydiistey inuu soo fadhiisto
una sheegay sheeko wanaagsan.
Markay dhamaatay ayuu ku yidhi:
"Nala joog dhowr cisho.
Sheekooyin badan ayaanu naqaanaa
waxaanaanu ku baraynaa
sida loo noqdo inan fariid ah."

Laakiin Soro wuu istaagay
wuxuuna ku jawaabay: "Maya, maya, maya,
Waa inaan helaa gallaydaydii nasiibka lahayd!"

Soro arrived in a third village.
A group of elders
with long white beards were chatting
in the shade of a big mango tree.
One of them asked him to sit down
and told him a beautiful story.
At the end of it, he said:
"Stay with us for a few days.
We know lots of tales
and we shall teach you
how to become a wise boy."

But Soro stood up
and replied: "No, no, no,
I must find my lucky grain of corn!"

Wuu orday, orday, orday.
Aad ayay u kululayd.
dhidid ayaa ka da'ayey.
lugihiisu boodh miidhan ayay ahaayeen.
Hase yeeshee digirinkii wuu
gaadhi waayey.

Dabadeedna:

He ran and ran and ran.
It was terribly hot.
He was dripping with sweat.
His feet were covered in dust.
Yet he couldn't catch up with
the fowl.

Then:

Digirinkii ayaa si lama filaan ah
uga gudbay wadiiqadiisii.
Intuu ku booday ayuu qabtay.
"Waxaad xaday gallaydaydii nasiibka lahayd," ayuu
ku qayliyey.
"dhakhso iigu soo celi!"

Laakiin digirinkii madaxay ruxday oo waxay tidhi:
"Aad ayaan uga xumahay. oo waan liqay.
Waxaan kuugu bedelayaa inaad wax qabsato oo aan
kuu oofiyo waxaas aad qabsatay."

The guinea fowl
suddenly crossed his path.
He jumped and caught her.
"You have stolen my lucky grain of
corn," he screamed.
"Give it back to me at once!"

But the fowl shook her head and said:
"I am very sorry, I swallowed it.
In exchange, make a wish and I shall fulfil it!"

Soro wuxuu bilaabay inuu aad u fekero.
Waxoogaa kadibna wuxuu yidhi:
"Dadkii iyo xayawaankii aan la kulmay
intaan ku raadinayey oo dhami
saaxiibaday ayay noqon lahaayeen.
Waxaan jeclaan lahaa inaan mar labaad arko!"

Dabadeedna sidii sixirka oo kale,
ayaa qof kastaa halkii yimi!
Lo'dii iyo caanaheedii.
Inamadii iyo hablihii iyo ciyaarahoodii.
iyo dadkii waaweynaa iyo sheekooyinkoodii.

Dabadeedna digirinkii
qosol ayuu joojin kari waayey.

So, Soro started thinking hard.
And after some time, he said:
"All the people and animals I met
while I was running after you
could have become my friends.
I wish I could see them again!"

And then, as if by magic,
everybody was there!
The cows with their milk.
The boys and girls with their games.
The elders with their stories.

And the guinea fowl
couldn't stop laughing.
Just couldn't stop laughing.

Other Véronique Tadjo titles by Milet:

Mamy Wata and the monster

Grandma Nana

Milet Publishing Ltd
PO Box 9916
London W14 0GS
England
Email: orders@milet.com
Website: www.milet.com

The lucky grain of corn / English – Somali

First published in Great Britain by Milet Publishing Ltd in 2000
© Véronique Tadjo 2000
© Milet Publishing Ltd for English – Somali 2000

ISBN 1 84059 281 8

We would like to thank Nouvelles Editions Ivoiriennes for the kind permission
to publish this dual language edition.

Designed by Catherine Tidnam and Mariette Jackson
Printed and bound in Belgium by Proost